U0058632

生命之歌
許世賢心靈符號詩集

朗讀天空

CIS・LOGO
SYMBOLS・SIGNS
POETRY

許世賢著

新世紀美學

名家推薦

詩人設計家許世賢新作心靈符號詩集，結合現代詩、企業識別設計與書法家林隆達的書法，譜寫生命之美、台灣史詩的心靈符號三部曲。獲得台灣知名詩人、小說家、書法家、書畫藝術家、攝影家、設計家、專欄作家、律師、企業家、出版家、歷史學家、文物研究學家、博物館、文學館館長與政府官員共襄盛舉跨界推薦。經典巨作，深值典藏。

依推薦人筆畫序

詩人・兩岸詩詩刊創辦人
方　明

媒體人・專欄作家
王尚智

詩人・國北教大圖書館館長
向　陽

書畫家・台灣藝術大學教授
李轂摩

依推薦人筆畫序

詩人
向　明

詩人・乾坤詩刊社社長
林煥彰

書法家・台灣藝術大學教授
林隆達

設計家・銘傳大學商設系教授
柯鴻圖

依推薦人筆畫序

詩人・創世紀詩刊總編輯
辛　牧

國立臺灣歷史博物館館長
呂理政

歷史小說家
東　年

前文化建設委員會主委
翁金珠

國立台灣文學館館長
翁誌聰

設計家
黃鴻文

詩人・台大哲學系教授
楊　風

台灣古地圖協會理事長
楊蓮福

國史館臺灣文獻館前館長
劉峰松

輔仁大學歷史系教授
郭武雄

詩人・明道大學人文學院院長
蕭　蕭

台北市文獻委員會文物評鑑委員
蔡清杉

南天書局出版社社長
魏德文

經濟部加工出口區管理處處長
黃文谷

設計家・亞洲大學視傳系教授
游明龍

設計家・畫家
廖哲夫

詩人・中國文藝協會理事長
綠　蒂

律師
陳貴德

戶外生活圖書公司社長
陳遠建

台灣碗盤博物館館長
簡楊同

攝影家
鐘永和

詩人・吹鼓吹詩論壇社長
蘇紹連

書畫家・台北藝術大學教授
李蕭錕

秋惠文庫台灣文物館館長
林于昉

設計家・南應大視傳系教授
林宏澤

書藝家
柳嘉淵

書畫家・師大美術系教授
程代勒

國立彰化生活美學館館長
劉玄詠

成霖企業董事長
歐陽明

德綸興業董事長
蔣江彬

攝影家
簡榮泰

將戰士的觳觫緊貼在冷峻的夜哨裡，以荒蕪殘垣與流離縈念牽着軍人的宿命，詩人許世賢的戰爭詩，令人聯想到唐朝杜甫名作〈兵車行〉與〈三吏三別〉劃刻時代的悲壯軍魂。

方　明

光以這套著作三部曲的主題、魅力與跨界的詩書畫精采編印，真夠吸引我細細品讀玩味，想深窺其中奧妙。以詩人世賢多年在詩畫、設計均極富創新與優異的精神投入創作，這套新著應是更上一層的展現。親近她，讀者是有福的。

林煥彰

以現代詩意象、符號設計與影像，重現一八九五年乙未戰爭歷史迴廊壯闊場景，歌頌過去與現代台灣英雄，台灣詩人設計家許世賢以情感豐沛、鏗鏘有力的詩篇，充滿人性關懷的筆觸，喚醒台灣歷史榮光，書寫萬代子孫千古傳誦的台灣史詩。

魏德文

讓新詩與書法邂逅，
以新詩為歷史見證。
他，更用新詩詮釋識別符碼！
許世賢的「生命之歌」三部曲，
值得愛詩人、設計家、企業界分享珍藏。

廖哲夫

以簡約識別設計彰顯機構核心價值，以充滿能量幾何造型繪製心靈符號，又以蘊含哲思的詩句頌揚生命美好。詩人設計家許世賢於2014年6月國立彰美館邀請展一年後，推出《這方國土》、《生命之歌》與《來自織女星座的訊息》心靈符號詩集三部曲，將生命之美、國土之美與宇宙之美串聯，引領讀者以宏觀思維，領略精緻美學奧義，這將是藝文史上一個極具指標性的巨作。

簡榮泰

開創視覺詩表現的完美形式

向　明

我自幼喜歡幾何設計圖騰與圖案，那點線面與留白建構的視覺美感，令我著迷。職是之故，自幼習字，我喜歡顏真卿甚於柳公權，欣賞隸書更甚楷書，沉浸那有菱有角工整布局散發的凝鍊美學。復因我叔父寫得一手好字，家族逢年過節書帖都由其執筆，讓我自幼耳濡目染。他離家後就由我接續書寫，書風深受影響。

我以為視覺詩創作，詩人應先在心中建構完整意念，繼而實踐視覺藝術表現，再將內涵以詩的形式完美呈現。視覺藝術與詩兩種語言密不可分，互為因應。並非未臻完善的繪畫佐以詩詞，或以文字堆砌圖形而成；過去所謂的視覺詩，圖與詩並未緊密契合，更乏相互交織整體美感。

許世賢心靈符號詩集三部曲以視覺符號簡約元素表達凝鍊詩意，其中《這方國土—台灣史詩》更以歷史散文、詩與符號三種創作語言詮釋同一主題，讓情感穿透力更加凝鍊，激起讀者更深的心靈觸動。許世賢以其沉潛視覺設計多年藝術訓練，將詩意貫穿符號藝術，再將內涵精粹以詩的語言呈現，使讀者產生交互相乘內在悸動，這是成功的視覺詩創作。

以歷史散文、詩與符號三種語言，營造時空氛圍，這在藝術上是很難達成的創作形式。尤其視覺符號設計，更需經年鍛鍊，始能展現視覺藝術之美感，絕非一僦可及。綜觀許世賢自去年受邀國立彰化生活美學館舉辦「心靈符號詩意設計個展」，相隔一年即推出《生命之歌》、《這方國土》與《來自織女星座的訊息》心靈符號三部曲套書，厚達 500 餘頁符號詩集創作，史無前例。我認為許世賢是真正開創視覺詩表現完美形式的詩人。

詩人哲思與獨到的美學觀

民國五十五年，高雄加工區開創了臺灣經濟奇蹟的先河；半世紀後，產業園區除經濟性產出之外，社會性指標更備受大眾關注。「創新科技、幸福活力、永續友善」當是未來園區經營的三個面向。而經濟發展的果實，要回饋、吸引更多的人在園區快樂工作、生生不息、共存共榮。

與世賢兄是在本處「新識別圖像」的討論場合中相識。他「由故事而圖案」的靈感發想方式，與一般的設計家迴異，後來才知，是他的詩人背景以致。而本合作案也憑著他的哲思與獨到的美學觀，有了令人驚艷的成果。

世賢兄此次集結設計、詩藝與美學的多重才華，發表的《這方國土》三部曲類史詩鉅作，謳歌歷史、讚頌生命、療癒傷痕的雄心壯圖昭然若現；以「美」引人入勝，以「蘊」發人深省，在閱讀的旅行當中，意象、圖像、設計三種美感體驗紛至沓來，的確是極新的創作嘗試，縱以經濟領域的觀點，亦不得不令人嘆服。謹附驥尾，樂為推薦如上。

經濟部加工出口區管理處處長　**黃文谷**

以澄澈心靈詠嘆生命之歌

許世賢

生命意識是宇宙最珍貴神奇的事物，自宇宙誕生以來由無機而有機，生命隨意識流轉無垠星系時空。在生滅間因緣際會，編織如夢幻影無邊故事。人類仰望星空充滿想像，一代代遞延生命傳奇，敬畏大自然宏偉的力量，嘗試詮釋未知神秘領域，透過宗教哲學探究生命本質，留下龐大理論體系與教義。而詩歌則陪伴人類文化的浪漫情懷，賦予人豐沛的精神生活，對生命意義多元解讀。

生命之歌自古隨遊吟詩人傳唱，豐富人們內在生命，撫慰受苦心靈，傳遞光明願景與希望。相信除地球人類文明已存文化，在宇宙遙遠星系間，也流傳各種動人故事與詩篇。本詩集彙編生命相關主題新詩與符號創作，希望讀者在吟詠詩篇同時，回復澄澈心靈，體會生之意義，活出自在愉悅，充實有愛的生命。

詩集版面設計力求簡約流暢，為讓觀者以詩意拆解符號意義，不另以文字簡介符號設計概念，讓企業機構形象更添朦朧美感。其中若干識別設計符號，採用去年國立彰化生活美學館出版之《心靈符號──許世賢詩意設計展專輯》作品，但重新書寫搭配不同詩篇，隨觀者想像產生不同詩意交織。

生命之歌收錄屬性相近詩篇組成相同篇章，但每首詩各自獨立。讀者可隨機選讀，搭配前後識別設計符號一起觀賞，以直觀揣摩符號與詩意帶來的豐富意象。識別設計作品符號以單頁獨立呈現，去除所有視覺干擾，彰顯簡約符號蘊藏豐富能量與內涵。不論身處何種處境或何處，夜深人靜時，信手讀一首詩，傾聽屬於自己的內在詩篇，透過心靈符號的視窗，連結隱藏內在無限寬廣，友善的宇宙。

生命之歌

目次

生命之歌

目次

澄澈心靈篇

靜默行者篇

生命之歌

目次

2011

濃情海洋

波光

流暢筆觸隨星空蕩漾
優雅滑行
勾勒流水年華似錦
曼妙生命如詩

悠揚樂音隨風飄逸
迴響河畔戀曲
迷人旋律輕撫觀音臉頰
閃爍淚光粼粼

告別戀人的月色依舊
映照波心漣漪

SkinSoie

SkinSoie

立緹肌膚美妍中心

立緹肌膚美妍中心 2004

車站

清脆琴音在街道流浪
爵士名伶耳邊吟唱
轉折扭曲疲憊的空氣
啜飲沉寂夜晚

沈浸宇宙這端鬆軟夢境
藍莓貝果銀河系
綠色女神烙印冰河世紀
拿鐵漂浮小冰山

許多做夢的人匆匆走過
背著珍貴時空行囊

從這端到那端
從那端到這端
走在我的夢裏頭

肯尼G伴奏的觀音夜色

燈光漂浮水面漣漪
薩克司風拉長尾韻隨波搖曳
觀音靜臥閉目聆賞

歷史凝固城市的記憶
藍調夜色交錯美妙時空符碼
巴黎玫瑰綻放淡水河

肯尼G的青澀旋律迴旋漫步
世界穿梭河岸榕樹下

暖意自湯圓緩緩昇起
四坪海岸咖啡香醇

Mousikē
琴絃社

琴絃社音樂教育中心 2009

爵士樂音飄盪

優雅女聲圓潤婀娜
餘音飄浮香醇濃郁熱拿鐵
爵士樂音水面蕩漾

時光精靈披上咖啡色調
塗抹六〇年代慵懶旋律
月光流洩甜膩風情

浪漫的金色喇叭深情演唱
詩意正濃秋之戀曲
貓在鋼琴鍵盤上冥想

布朗尼的滋味空中飄盪

佛朗明哥舞者牆上跳舞
喜悅的文字紛紛甦醒
詩集上竊竊私語

彩繪希望窈窕淑女

溫煦言語吐露芝蘭芬芳
晶瑩眼眸澄澈似水
沈浸陽光明媚的季節裏
翠綠河畔波光粼粼

窈窕淑女秀髮飄逸如絲
枝頭燕雀愉悅飛舞
亮麗臉龐暈染盎然春意
曼妙姿影波心漣漪

睿智神采飛揚寂靜天空
纖柔玉指彩繪希望
勾勒澄靜心靈美麗夢想
法喜盈滿手采怡人

喬韻瑜珈中心 2003

醉人心弦的微笑

乘東方吹拂微風飛翔
穿越甜蜜濃郁的雲
迎面親吻晨曦稚嫩臉頰
妳微閉雙眼的深情

耽溺妳溫暖柔弱的肩
茉莉花香撫慰寂寞心靈
悅耳天籟耳邊廝磨
隨月光灑落雪白詩意

飛向星雲旋轉魅惑之眼
探索妳晶瑩溫柔曲線
那蒸發情慾的美麗蜿蜒

迷眩心神的嘆息
飛入濃烈炙熱的紅太陽
妳醉人心弦的微笑
融化旅人漂泊的靈魂
在迷炫星空浮沈

濃情海洋

誰在天空纏繞蜿蜒琴韻
誘引旅人寂寞的心
沿晶瑩絲線漫步雲端
愛情如斯遼闊

拿鐵咖啡釀造的海洋
飄浮思念攪拌的心
隨馨香羽化
舞動金色蝶衣

飛向地平線白色微光
妳唇印的杯延
伴嫣紅太陽墜落
濃情大海

L·Somewhere

愛在轉角 2013

在妳眼裏讀到一首詩

銀河在清澈眼眸裏旋轉
宇宙之眼晶瑩剔透
慈愛之光映照無垠時空
溫潤旅人寂寞心靈

妳淨如繁星的心閃爍
眼眸綻放如詩光芒
書寫宇宙永恆生命符碼

妳心裏住著古老的靈魂
美麗優雅潔白如絲
為撫慰受苦心靈重生

我在妳眼裏讀到一首詩
被思慮盤旋的心綻放
自迴旋迷夢中
燦然甦醒

海洋呼喚寂寞之城

寂寞之城靜默冥想
濃郁花香自心底暈開
時間悄然蒸發
茉莉花香裊裊飄蕩
醉人心弦的香頌

誰在虛空輕聲吟唱
安慰旅人孤獨寂寞的心
總是耳邊吹拂細語
傾訴迷濛煙雨溫柔叨絮

淡水城的戀情隨風飄逸
天空迴盪思念的氣息
自由靈魂漫步河邊
海洋總在不遠處呼喚

ARCADIA

ARCADIA
花岩山林

花岩山林花園餐廳 2007

我始終認得出妳

閃爍晨曦燦爛的眼眸
吐露朝露芬芳美麗的臉頰
我始終認得出妳
即便闔上疲憊雙眼

這一生已擦身而過
但我始終明白
怡然靜候
這一首生命之歌落幕
下一首旋律響起

妳正向我走來
一世世陌生的邂逅
以眼神碰觸寂寞的靈魂

當愉悅隨晶瑩樂音迴盪
遠方傳來魅惑旅人的歌聲
我會聽見溫柔呼喚

妳輕揚虛空透明天幕
以曼妙姿影舞動娑婆迷夢
我看見妳在不遠的地方

微笑始終自心底浮現
即便深邃幽暗中
妳在我心底綻放一朵
永不凋謝的花

我是多麼想念妳

茉莉花香隨髮絲拂面
沉醉迷炫華麗黑洞
不願甦醒的時間
漂浮虛空若隱若現

一絲笑意蕩漾宇宙奧秘
沁入心田醉人詩意
牽引靈魂耽溺的符碼
生生世世甜蜜記憶

妳深邃眼眸引領輪迴
在時空遊走飄蕩

當放下身體漂浮的時候
我是多麼想念妳

love muse

2012

國軍暨家屬扶助基金會

2013

甜蜜夢境

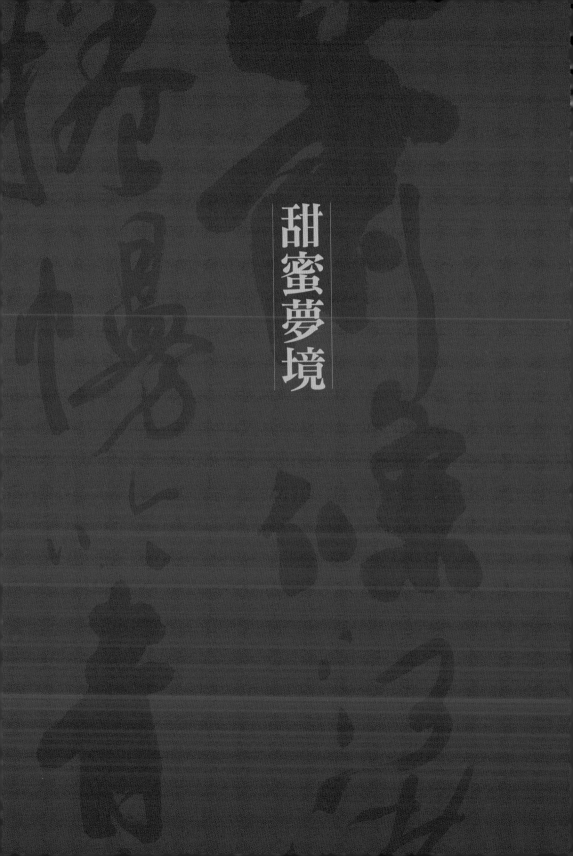

遠行的風箏

滴落心底的琴音漂蕩
往事搖曳波心
輕拂冥想的風

閉上雙眼凝視虛空
繚繞琴韻交織的倩影
輕揚羽翼飛舞

環抱輕盈樂音旋轉青春
水晶清脆悅耳
飄浮原野的芬芳

看見童年泛黃的影子
涔涔目光流連
即將遠行的風箏

FARMJUICE

2009

遇見一個美麗天使

一個美麗天使悄悄地接近
盈盈笑意烘暖夕陽
她決定遞出友誼的橄欖枝
以晶瑩聲音邀請
你在看什麼呢
我可以和你一起玩嗎
你想看我騎馬嗎

轉身飛奔拿來媽媽的手機
頭戴騎士帽神彩奕奕
英姿煥發繞著圈圈
喜悅地騎著可愛小小馬

她溫柔敘說生活點滴
分享小小的美麗與哀愁

誠懇殷切的表情
碰觸我靈魂深埋的悸動

面對真摯朋友的分享
我只能送她一本小小詩集
她對銀色簽名深表讚歎
更為獲贈那支奇妙的筆雀躍不已
你什麼時候還會來呢
星期六下午你可以見到我

我的朋友美麗小天使
感謝妳分享真摯的友誼與快樂
提醒夕陽無限美好
我是多麼幸運與富足

誠摯地揮手道別

明亮眼眸好奇張望
轉身瞬間揮舞豐盈小手
伴隨誠摯的眼神
消逝人群

天使總是現身不遠處
藏起翅膀行走人間
帶著燦爛笑意顚頇走步
演繹當下美好

生命不息變幻無常
大千世界如曇花一現
何須眷戀過去
惦記未來

勞委會蒲公英園徽 2004

柔軟的小手

細雨暈染青翠山巒
車窗外滴答飛舞
明亮的星閃爍眼眸裏

時間顛簸搖晃
停在雨絲嬉戲的窗

把愛藏在手心裏
隨波心漣漪
輕拂懷中布娃娃
柔軟的小手

bebenana

嬰兒用品 2008

甜蜜夢境

回到無需言語波動的剎那
無邊喜悅浸潤時空
心靈交匯靈魂深處的悸動
彷彿茉莉花飄逸芬芳
宇宙自虛空綻放

妳的心在空靈寂靜中蕩漾
搖曳曼妙醉人曲線
輕踏優雅流暢的舞步
堆疊動靜瞬間美麗的幻影
甜膩歌聲悅耳迷人
妳的微笑魅惑旅人寂寞的心

明媚眼神輕聲詠嘆
暈染一室紫羅蘭清香詩意
樂音漣漪甜蜜夢境
輕撫迎風漂浮的靈魂

心靈的交通 · 台北的呼喚

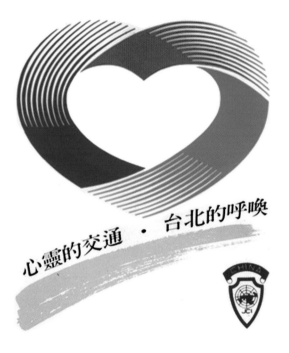

台北市交通活動 1990

朗讀天空

春之頌—舞動如花生命

美麗姿影映照晶瑩大地
似柳雙臂迎風搖曳
曼妙舞姿盤旋
天女自雲端下凡

洋溢燦爛如花甜美笑容
深情眼眸飄逸
潔白似雪春之氣息
芬芳怡人

纏綿歌聲悠揚迴響
蕩漾真情流露
溫馨擁抱甜蜜時光

迴旋漫舞

纖細腰身柔情似水
俯仰濃情蜜意
翩然舞動迷人丰采
讚頌如花生命

朗讀天空

怡人馨香飄逸金色雲朵
毫光自心底漣漪
編織夢境的天幕映演
悲歡離合的故事

雙手合十朗讀天空
以燦爛星光書寫的生命
歲月更迭的詩歌
寧靜悠遠飄渺迴盪

虔誠禮敬馨香禱祝
先行者的身影佇立星空
燦然笑意閃爍慈悲
守護溫暖大地

Yourkey

耀麒科技 2008

在心底哼唱銀河之歌

仰望無垠夜空
繁星始終為你不停綻放
俯視走過的足跡
大地始終托住你沉重的影子

心中有詩的靈魂
總在寂靜無聲的世界裏
聽見悠揚迴響快樂頌

透視宇宙的心靈
以佈滿智慧皺摺的手
興奮書寫永恆時空相對論
歌頌小鳥與女人的老頑童

提著裝滿星斗的顏料桶
為生命塗抹最後一筆

雀躍的靈魂不停地跳舞
無暇哀悼逝去的青春
好奇張望每一個生命奇蹟

總在心底哼唱銀河之歌
踽踽獨行遊吟詩人
為踏過的每一寸土地
盡情歡唱

為每一個寂寞心靈
開啟希望與夢想的視窗

美自心靈優雅蛻變

美自心中悄然揚起
映入燦爛眼眸
明媚眼神動人心弦

美自靈魂深處綻放
舞動優雅旋律似水漣漪
飄逸花漾姿影

美自腦海悠然浮現
隨七彩虹光躍然紙上
彩繪璀璨世界

美自心靈優雅蛻變

化作遊吟詩人的詩篇
詠嘆美麗生命

美在虛空曼妙迴旋
輕舞雪白絲綢晶瑩羽翼
撫慰孤寂的靈魂

心靈國度

神秘引力相互遞出
無遠弗屆的愛
交織宇宙繁星如絲纏綿
無邊迷夢

披上天幕靜默冥想
各自升起狼煙
眾神的話語迴盪天際
愛無隔閡

須彌山巔光燦耀眼
天使雪白羽翼漫天飛舞
喜悅旋律盈滿
心靈國度

isis

伊西斯中東飾品 2004

你可有過深沈感動？

怎麼形容那深沈感動
隨琴弦撩撥內心喜悅
任鍵盤音符輕躍共鳴

寫一首喚醒沉寂火苗的詩
在靈魂深處跳舞
為自在心靈高聲歡唱

閃爍宇宙神秘深邃眼眸
自心底浮現怡人笑意
覺醒的人悠遊光燦銀河

光影漂浮奇幻空間
時間切片堆疊過去與未來

用筆刷揚起七彩流星

愉悅氣息飄蕩紫色香氣
甜膩真摯令人心醉的愛情
連結萬物心靈悸動

戰場並肩作戰同袍之情
獻身戰鬥拯救生命
為動人義行沁然落淚

聆聽內在使命熱情召喚
如果什麼感動也未曾有過
活著的意義是什麼

在心裏舞一曲探戈

哀嘆生命短暫的人啊
移動佇足黑色憂傷的心
為自己舞一曲華麗探戈吧

用僅餘微弱星光點燃熱情
隨心中澎湃旋律起舞
擺脫有形軀體迷夢魅影

在遙遠宇宙的盡頭
隨詩意濃郁的銀河迴旋漫舞
歌頌生命永不休止的綻放

SINTA

致精企業 2006

遺落邊境的夢

一顆顆慈悲溫暖的心
緊緊擁抱寂寞
化作湛藍夜空明亮的星
指引迷途旅人航向
覺醒的海洋

流浪蒼茫夜色的行者
背負希望的行囊
沿前世行腳足跡尋找
遺落邊境的夢
向狼煙升起的遠方
繁星閃爍遙遠的呼喚

穿越時空眷戀
在平靜無痕的波心漣漪
化作七彩蝶衣
盤縈飛舞飄渺夢境

DEFINE

鼎豐藝術門 2009

箭術禪心

箭術禪心

矇住雙眼拉開弓弦
照見隱藏黑暗閃爍毫光
時間靜止剎那
靈魂隨箭簇疾馳
銳利嘶鳴劃破長空

劍尖出鞘刺穿虛幻魅影
心神隨劍刃滑行
屏氣凝神身形似水
光燦刷白翻騰凝斂虛空
心劍合一洞徹死生

無畏身影投射無垠時空

舞動生命安住無常
熱情優雅光燦自在
無視神話交織
澄澈心靈沉寂如詩

如夢泡影

揮劍剎那靈魂穿透虛空
凝視生命瞬息
移動時間穿梭空間
來去無蹤

揮刀瞬間我執悄然隱遁
不動明王舉劍
斬斷無明
釋放顛倒靈魂

意識流轉如御天馬行空
能量匯聚顯影虛空
隨曼妙曲線浮沈
如夢泡影

iMAP

艾美普國際教育中心 2008

虛空演武

神閒氣定伸展步幅
腰身平懸地表
游移似水

冷冽眼神光芒迸射
威震八方國土

退引身形靜默如山
沈寂剎那
踩踏崩裂大地

抱拳旋身機鋒暗藏
手刀砍劈
翻滾月亮潮汐

箭步直刺
穿透蒼穹
迴旋躍起
扭曲時空異次元

鋒利腳刀餘波盪漾
搖撼天網曼陀羅

螢光飛舞

屏氣凝神直貫腰際
手心緩慢游移優雅圓弧
攪動虛空掀起漣漪
剎那翻轉手刀
雷霆萬鈞貫穿須彌山巔
逆勢迴旋
掃落一池星斗銀河
螢光飛舞
何懼生死流離

莒光跆拳道館 2007

荒野之狼

冷冽寒風翻騰峽谷
荒野之狼伴月光林間潛行
孤寂心靈搖曳火苗
閃爍如詩寧靜

仰望沈寂大地蒼茫霧色
迎面微風靜默相隨
循月光溫暖足跡
踽踽獨行

遍嚐生命困頓與焠鍊
返鄉戰士緊握榮耀
遠離戰場踏上沈默歸程
旌旗在心底飄揚

也許回到溫馨洞穴
靜候那道色溫暖的光
睡夢中離去

也許倒臥蒼茫大地
讓月光披覆錦被
闔上雙眼

我仍然傲然挺立
昂首咆哮

隨風而去

怒目金剛佇立崖邊
強風迎面吹拂
兩袖清風

凝視飛翔遙遠國境
舞動夢想的雁群
護持陽光

舉劍擎天刺向虛空
與狂暴風雨合一
靜默無聲

覺悟行者卓然而立
綻放如花微笑
隨風而去

SUNEW

晁威科技 2004

劍術與禪心

宇宙之眼回眸一笑
驚鴻一瞥
綻放一切虛空

無韌之劍凌空一刺
穿透虛妄
照見五蘊俱空

無畏心靈輕躍雲端
笑傲江湖
揮灑滿袖清風

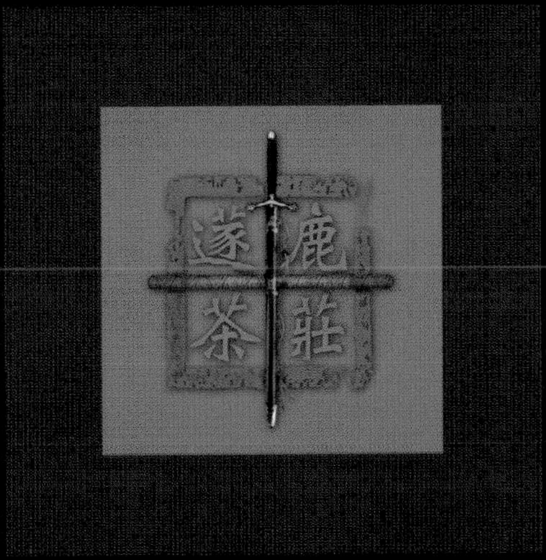

2005

如獅吼的詩心

噴發狂烈焰火
點燃沖破大氣的豪情
筆直升空翺翔雲端
飛出自由的靈魂

嘶吼大地雷鳴
揚起真實不虛的旋律
穿透地表鏤刻音符
唱出覺醒的靈魂

攪動漫天星斗
書寫莊嚴生命的詩篇
彩繪星海燦爛銀河
畫出浪漫的靈魂

2014

優雅背影堅毅如獅

深邃眼眸平靜無痕
洞徹宇宙穿梭瞬間永恆
雪白如詩意識
遍佈虛空

覺醒的武士心清如劍
細密皺摺書寫睿智臉龐
澄澈如雲心靈地圖
豐富多彩生命索引

默默傳遞清朗智慧
絲綢般細膩的微笑揚起
美麗的慈悲綻放
優雅背影堅毅如獅

2014

美妙奇幻之旅

輕踏如詩舞步曼妙迴旋
倘佯詩意濃郁琴韻裏
自在靈魂吟唱展翅飛舞
搖晃空中遊蕩音符

繁華若夢四季迎風漂浮
雨過天青萬物不息
聆聽生命之歌翩然起飛
航向美妙奇幻之旅

行者合十仰望天地一沙鷗
孤寂身影振翅翱翔

無視滂沱大雨狂風吹襲
飛越蒼茫大海
看見兩個月亮的星球

2015.3.12

知見合一 2007

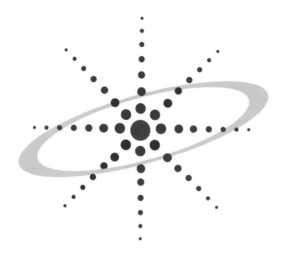

澄澈心靈

神來之筆

信手拈起神來之筆
群山和鳴
雉雞飛舞林間
甜柿清香瓜熟蒂落
大地甦醒

以筆代舟神遊赤壁
彩繪清朗乾坤

記書畫藝術家李轂摩老師，李大師性情中人，倘佯大地悠然意境，林間雅趣躍然紙上，栩栩如生。時而穿梭時空，泛舟赤壁與古人遊，彩繪清朗乾坤。2015.5.30

呼應和諧 / 李轂摩 / 70 × 70cm 2006

逆光飛行

世紀盛宴的琴音
天際迴響
在接近幸福的雲端
受眾神禮讚

大師的好奇心無遠弗屆
總是張望窗邊景緻
看見另一個世界

即便成為景中倒影
也要逆光飛行

記柳嘉淵老師公子皓中與彥穎浪漫婚宴。大師思維與眾不同，為播報台中巴黎壯麗景緻，我們窗邊逆光而立。2015.5.30

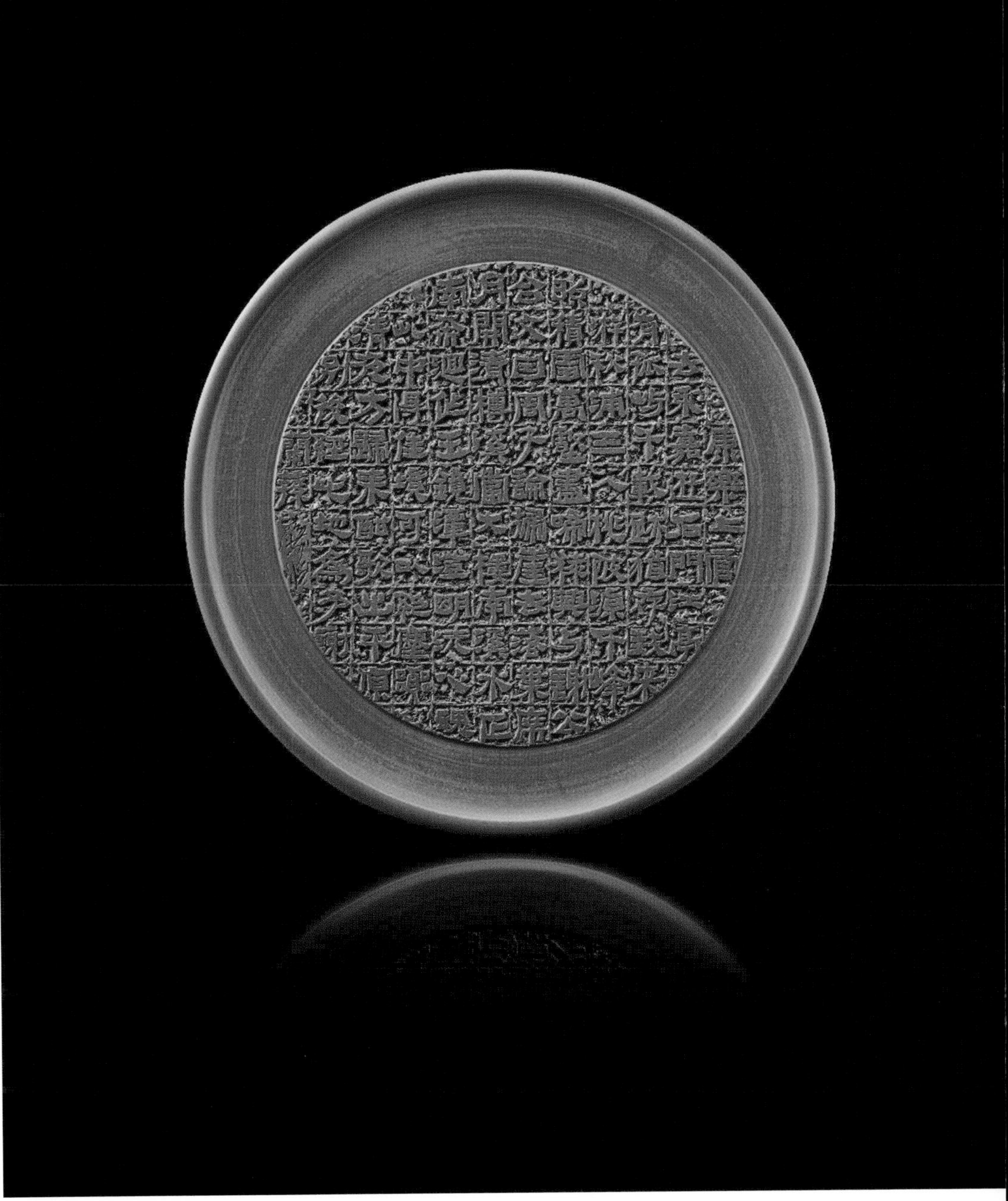

李白詩 / 柳嘉淵陶刻 / 31.4 × 31.4cm　2013

書寫壯麗彩虹

以生命書寫豐饒美學的行者
青山之側靜默行腳
採拮文學土壤豐厚底蘊
豐纍低垂的果實

以優美文字傳頌生命典範
行過千山萬水歷盡滄桑
安住當下揮筆如椽
薈萃台灣人文景緻

飛行皎潔如玉聖山之巔
雁群翺翔金色雲端
朝向福爾摩沙美麗地平線
畫出唯美筆直航道

薛西佛斯勇者的使命依舊
扛起碩大如山莊嚴背影
繼續踩踏沈默步伐
書寫壯麗彩虹

政大講座教授兼台文所長陳芳明老師《很慢的果子》、《美與殉美》二書於政大舉辦新書發表會，由聯經與麥田兩出版社聯合舉辦。陳教授著作等身，仍日日筆耕不輟，遵行嚴謹創作紀律，宛如踽踽獨行的行腳僧，一步一印，建構宏觀台灣文學景緻，採集導覽豐纍人文之美。心繫典範傳承，以生命書寫對土地深沈的愛。2015.4.30

繁衍如花生命

以豔麗嫣紅彩繪青春
光影魅惑怡人芬芳
綻放璀璨天幕
繁花似錦浮生若夢

以曼妙身影滋潤繁星
宇宙光燦如絲
點燃沈寂虛空熱情
繁衍如花生命

以豐盈天際渾圓姿影
勾勒光燦旋律
斑斕群星柔情蕩漾
舞動永恆樂章

記前輩設計家廖哲夫老師「繁衍」畫展，廖老師美術系畢業，多年前淡出設計領域，重拾畫筆。畫如其人，真性情流露，詩意濃郁，幾年來數度在千活藝術中心展出精彩油畫創作。著有CI評論《CI面面觀》一書，對國內識別設計多所針貶，大師觀點擲地鏗鏘。2015.4.22

深邃眼眸看見彩虹

將蔚藍天空披掛身上
潔淨如新國服底下
閃爍晶瑩剔透的心
把經典奧義戴上臉龐
快樂行腳
踩踏磐石印刻蒼茫大地

一呼一吸
蘊積璀璨能量
友善慈悲飄盪心靈國度
藍白紅黃綠隨風飄揚
對生命行者微笑
深邃眼眸看見彩虹

幸福指數 / Trashigang, Bhutan. 2010 / 攝影：簡榮泰

光明行者

以影像記錄生命的行者
張開無垠心象
漫遊宇宙無量之網
捕捉光明黑暗
神秘宇宙的全像
照見虛空誕生
時間空間坍塌的未來
剎那變幻無常
永恆不變的是
真摯臉龐笑容底下
一顆溫暖心房

攝影家簡榮泰老師，大師風采自然天成。不論達官貴人得道高僧或鄉間學童，在他面前不自覺綻放燦爛笑容。他有顆溫暖心房，透過鏡頭激起周邊生命璀璨光芒。2013.10.24

簡榮泰與孩子們 / Trashigang, Bhutan. 2010 / 攝影：許錦雲

一池微笑

一針一線
把詩織入畫布裏
一字一句
解開愛的封印

青蛙盤坐詩塘裏
東張西望
隨墨韻漣漪
一池微笑

群山在夢中
飄浮雲端

詩人管管老師畫家黑芽老師伉儷《春風快板 X 森林野未婚》詩畫雙個展，把置身城市繁榮的黎畫廊，變身詩意淨土。當日同時是詩人管管伉儷結婚十七週年紀念，詩人鄭愁予、張默、蕭蕭、辛牧等所有出席詩人嘉賓沈浸一方詩情畫意，吟詠一室風雅，走出室外，看見台北微笑的天空。2015.5.2

隨波飄逸

微風掀起海洋的裙襬
舞動迷人丰采
浪潮翻騰濤濤相續
傾訴綿綿情意

湛藍星光吟唱深情詠嘆
迴響如絲旋律
月色迷濛溫柔撫觸
搖曳波光粼粼

妳嫣然含笑綻放春風
洗淨沈湎憂傷
輕擁大地溫暖懷抱
往事隨波飄逸

鐘永和「海洋台灣」展覽系列作品 2015

輕踏音符躍然飛起

從來靈巧的手不再靈巧
心底旋律仍躍然湧現
就用歡唱喜悅的心
柔軟老邁但溫暖的手
任音符輕輕遊走吧

從來硬挺的腰桿不再筆直
心靈卻長了優雅翅膀
這美妙靈巧豐腴的羽翼
揚起輕盈喜悅的心
隨遠方迎來天籟翱翔

從來自由的靈魂不受拘束
心中始終浮現美好音樂

就用依然溫暖但疲憊的手
將一顆顆美麗音符
伴滿溢胸懷無盡的愛
用力刻在大地吧

刻完最後一個美麗符號
輕踏音符躍然飛起

2014.1.3 悼音樂大師李泰祥

海誓鯨盟

我喜歡結交各種朋友
一起翱遊四海
你可以依附我友善的背影
睡一覺滑出太平洋
欣賞福爾摩沙繽紛彩霞
你可以多睡會兒
讓月光喚醒
直到看見湛藍星星
叮叮咚咚爬上天

八色鳥電影海報 / 激雷文化
許世賢設計 2013

2007

靜默行者

靜默行者

昂首凝視無垠星空
在無邊無際星斗間生死流轉
穿梭無始無終時空之門
看盡繁華如花凋零

連綿曠野沙丘起伏
朦朧月光灑淨晶瑩大地
行囊裏盛滿希望種子
陪沈默的影子行腳

微風吹拂紛飛思念的沙塵
輕揚衣袖抖落滄桑
悠然迴響大地低沈嗓音
蒼茫月下靜默獨行

天將神兵創意廣告 2000

流浪者之歌

我將披上青翠錦衣
伴茉莉芬芳輕墜夢鄉
聆聽樹林朗讀
這方國土的詩篇

川流不息的行腳僧
徘徊靜默河畔
撿拾旅人破碎行囊
夢想的粼光

海洋漂浮塵封記憶
拍打昏睡河岸
輕揚令人心碎的旋律

流浪的風聲
時而高亢雷鳴
時而清唱悲愴細雨
隨浪濤起落
遊吟歷史滄桑

孤寂寧靜的風

靜默飛越無痕水面
孤寂寧靜的風
不起漣漪

河面絹印鵝黃月色
入定的觀音山
視而不見

熙攘川流人聲鼎沸
榕樹下讀詩的人
聽而不聞

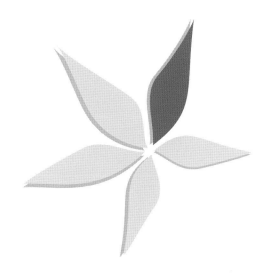

ZANTiC

禪淨淨水器 2005

孤獨的存在

孤獨地來到一個世界
孤獨地邁向孤獨的旅程
嚐盡春天清朗的雲
夏天炙熱的風

孤獨地站在全副武裝行列裏
等待航向死亡的海洋
孤獨地登上運兵艦
被秋天染紅
準備凋零的葉

孤獨地靜候戰壕裏
等待發動衝鋒的信號彈

提起沈重的刺刀
穿越彈雨面對面孤獨地戰鬥
孤獨地倒臥泥濘裏

未在秋天凋零的落葉
孤獨地走在道路的尾巴

孤獨地靜臥床上
孤獨地離開自己的軀體
平靜地
不再孤獨

生命流觴

妳自光中走來
伴著平靜無痕歲月
在虛空中
飄浮生命流觴

妳蘊染金色微光
潑灑一掬茉莉芬芳
在滄桑中
撫慰無盡悲愴

妳揚起溫煦微笑
撩撥一池斑斕星雲
在黑夜中
點燃無垠星光

ELaina

伊蓮娜 2005

月光奏鳴曲

任冷冽寒風敲擊琴鍵
微閉雙眼
聆聽歲月滄桑

繞指輕滑雪白音符
豐盈情感
迴盪蒼茫月色

朦朧月光溫柔撫觸
灑落一地銀白
潔淨透明的詩篇

TAiCHAN
台全聯合診所

台全聯合診所 2008

喜悅自心底躍然升起

意識之光冉冉升起
壯麗星雲盤旋腦際
自無邊夢境甦醒

澄澈心靈與虛空合一
過去現在未來
宇宙全像映入眼簾

開啟異次元神秘窗口
穿越透明迴廊
淨化心靈輕盈飛舞

喜悅自心底躍然映射
無垠時空收攝當下
智慧光環燦然綻放

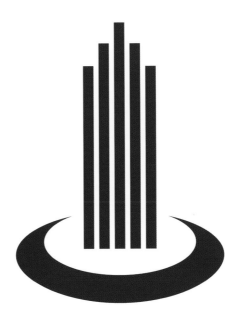

經濟部園管局

經濟部產業園區管理局 2014

寂靜如山

行者盤坐如山
寂靜虛空詩意迴盪
清風朗月
照遍須彌山巔

明道大學人文學院

明道大學人文學院 2015

華萱名茶

華萱茗茶 / 書法 柳炎辰 2012

生命之歌

生命之歌

意識波濤翻騰洶湧
漂泊無垠時空
隨悲歡離合故事浮沈
吟唱生命之歌

黑暗光明交錯邊界
隨希望晨曦揚帆
滿懷欣喜乘風破浪
航向烈日長空

白色浪花迎風潑灑
意氣風發的午後
斑斕彩霞魔幻時刻

看盡千帆起落

隨溫暖羽翼輕盈飛舞
光燦如絲金色通道
褪去歲月蘊染的滄桑
醉人天籟悠揚迴響

自迷夢甦醒

隱身白色的光靜默飛行
自迷夢甦醒的靈魂
敞開透明的心
映演黑白彩色交錯的人生

辭別悲憫不捨涔涔淚水
卸下溫柔牽掛
釋放綿延愛恨情愁
喜悅自心底漣漪

跨越滄海桑田生命輪迴
倘佯寂靜月色
無垠星光閃爍明滅

繁華若夢

悠揚詩篇迴響虛空
輕撫沉湎哀傷
披拂浸潤慈悲的羽翼
消融於溫煦毫光

最美好的儀式

繁星盤旋繽紛綻放
狼煙升起
聆聽大地合一如詩旋律
凝視莊嚴虛空
光耀燦然覺醒的靈魂

衷心禱祝
最美好的儀式是愛

RobLine

勝宏達科技 2011

在生滅之間

在生滅之間我們歡唱
迎接晨曦迷濛眼神
用朝露洗滌暗夜憂傷
隨太陽升起雲端

在天地之間我們飛翔
飛越無數的山與海
不受羽翼限制自由飛舞
隨希望翱翔遠方

在呼吸之間我們夢想
聆聽飄浮雲端如歌行板
以熱情追逐繁星

燃燒內心無盡的愛

在風雨之間我們挺身戰鬥
任強風拍打羽翼
披覆飄零無依受苦靈魂
為生命尊嚴揮舞長劍

在浮沈之間我們覺悟
不再迷醉浮光掠影
看透千帆過盡海市蜃樓
映照夕陽魔幻時刻

魔幻時刻自心底浮起

琴韻連綿輕彈溫柔情絲
戀人的眼神飄浮雲端
空中迴響心醉神迷的詠嘆
玫瑰搖曳誘人花香

意識飛翔穿梭奇幻夢境
愉悅氣息悄悄捲起
沁人心田撲鼻的芬芳
映演如夢幻影甜蜜記憶

音符隨懷舊旋律翩然起舞
樂音撩撥旅人生命片段
永難忘懷幸福印記

魔幻時刻自心底浮起
覺醒的靈魂洋溢熱情歡笑
純淨心靈晶瑩閃爍
滿懷欣喜告別落日餘暉
輕盈漫步光明通道

事先書寫的完結篇

看盡繁華落盡沉寂歷史滄桑
詩人預先書寫完結篇
為一生最美好的魔幻時刻
寫下完美愉悅的篇章

感謝這承載靈魂的肉身
陪伴度過歡笑縈繞青春年華
肩負莊嚴使命傳承重擔
嚐盡悲喜交織的流金歲月

感謝賦予生命的奇異恩典
連結人生軌跡所有美麗靈魂
一起漫遊相同時空

在迷夢裏映演悲歡離合
祈願受創心靈優雅離去
以喜悅之心等待另一次綻放
沈浸慈愛溫馨的光環裏
平靜的愛在心底漣漪

最後在封底彩繪一個完美符號
以平靜無悔的愛闔上書頁
為下一本書寫好引言

一直唱到繁星綻放

手風琴綿延婉約琴韻
琥珀色滄桑旋律悠然迴響
吟詠旅人濃郁鄉愁

脫掉心中黑色披肩
輕踏流金歲月浪漫舞步
隨曼妙樂音溫柔迴旋

快樂夕陽依然耀眼
晶瑩剔透的心更加璀璨
讚嘆生命豐盛如斯

我已品啜晨曦怡然甜美

擁抱過烈焰灼身浪漫愛情
看盡繁華落盡無限美好

容我以喜悅感恩的心
再唱一首華麗璀璨銀河之歌
一直唱到宇宙甦醒

繁星綻放

美麗的守護天使

怎能輕易遺忘那清澈眼眸
閃爍皎潔月色款款深情
撫觸蒼茫大地的溫柔

觀音靜臥澄澈淡水河畔
傾聽流水訴說如夢歲月滄桑
鏤刻纏綿河岸的曲折

奔流海洋的夢想晶瑩悅耳
日夜撫慰棲息地表
隱身紅樹林的美麗天使

沉寂樹梢雲淡風輕的寧靜
默默守護沈睡大地
靜候雪白羽翼迎風揚起

我只能留下一本詩集

我只能留下一本詩集
一本以生命譜寫的動人詩篇
讚頌自由不羈的靈魂
歌詠純淨慈悲的心靈

以溢出紙面文字
詠嘆弦外之音
以微弱心房隔空擊節
吟詠生命如歌慢板

我還留下一本空白詩集
裏面有無垠宇宙旋轉星河
曼妙天籟繁花錦簇

只要閉上雙眼
就會在心底浮現

請以真摯情感與生命書寫
當你自覺寂寞孤單
記得抬頭仰望繁星
聆聽遠方心靈呼喚

用生命流浪美好的旅行家

我的心隨風在地表起伏
行囊裝滿異域風情
散播歡樂與希望的種子

我的靈魂循光明通道旅行
隨透明浮現宇宙藍圖
朗讀穿越時空動人詩篇

我的瞳孔映照美麗蒼穹
遙遠故鄉閃爍思念
指引地表盡頭流浪的心

我是用生命流浪美好
譜寫漫天星斗的遊吟詩人
用星雲賦詩的旅行家

寫給文銓及旅行家

bodyshop

Bodyshop 汽車美容 2009

不要將時間喚醒

請讓我歇息在妳溫柔羽翼
沈浸妳鬆軟的柔情蜜意
我要慢慢地
進入另一個夢境

在這空靈寂靜的當下
時間在某個角落安靜休眠
請惦起腳尖輕拍羽翼
不要將時間喚醒

看繁星點綴無垠星空
美麗精靈仙子飛舞的足跡
聽銀河運行低吟淺唱

穿插彗星清脆叮噹聲
人世紛擾隨風飄去
鬆開桎梏重生的靈魂
聆聽壯闊清揚宇宙交響曲
醉臥溫柔天使懷抱裏

2014.8.13 刊《醒報》
悼心靈捕手羅賓·威廉斯

把心空出來

我願化作
溫柔慈悲的手
在虛空舞動

伴似水柔情
輕盈漫步

隨天籟餘韻
翩然起舞
與虛空合而為一

然後把心空出來
讓你通過我
回到虛空

駱成生命禮儀

以無盡的愛擁抱寂寞的靈魂

輕倚妳晶瑩如絲的肩
讓飄逸幽香輕盈髮梢
披覆我沈湎哀傷

輕拂妳浸潤慈悲
以柔情編織的雪白絲綢
汲取一絲暖意
祛除我無盡悲愴

我放下生命沈湎負重
聆聽妳輕聲細語溫柔叨絮
療癒苦澀無依的心靈

妳摘下星星溫暖冰冷夜晚
以月光微薰撫慰寂寞
將旅人靜默孤獨的心
沉浸在潔白如詩的世界

晶瑩剔透身體美麗如昔
悅耳歌聲縈繞飄渺
無數美麗生命以無盡的愛
緊緊擁抱寂寞的靈魂

《許世賢心靈符號詩意設計展專輯》
2014 年 7 月至 10 月 國軍暨家屬扶助基金會
台北捷運站月台公益廣告

充滿詩意的微笑等待著

在靈魂甦醒的當下枯萎
曇花綻放的芬芳依然幽香迴盪
舞動優雅姿影冉冉升起

花瓣似斷了線的風箏緩緩墜落
在時間空隙裏左右飄移
忘情凋零間幻化金色彩蝶

隨心轉境穿梭生命迴廊彩繪時空
伴清脆笛音輕舞蝶翼飛翔
閱讀繁星閃爍明滅譜寫的詩篇

享受孤寂迎向永不孤獨的國度

那消融一切憂愁的光裏頭
有無限慈悲與溫暖的愛

揚起愉悅羽翼輕盈飛舞
穿越那一切具足的心靈通道
充滿詩意的微笑等待著

此生最美好的時刻

燦爛得像水仙綻放的微笑
溫柔曼妙輕聲細語
撫慰靜默孤寂的靈魂

小女孩書寫誠摯的情感
隨筆劃躍動淺黃卡片
此生最美好的時刻映入腦海

與真實情感心靈交會的剎那
感恩之情滿溢慈悲空間
感激的淚水沁入心房

脫離無盡沈緬哀傷

喜悅盈滿的羽翼輕柔飄浮
湛藍星球越來越遠

在友善微笑凝視中
幻化美麗夜空
閃爍慈悲的明星

莊嚴儀式

玫瑰伸展雪白羽衣綻放
花仙子翩然起舞
演繹生命微妙真理
當下生滅流轉

搖曳枝葉沙沙作響
輕伴蕭瑟風聲朗讀詩篇
陽光乘落葉緩緩飄蕩
原野溪流藍綠合鳴

時間在悠揚樂音中靜默
天幕映演莊嚴儀式
彩虹在心中串起浮橋
晶瑩笑意佈滿虛空

LifeFirst

第一生命 2012

回到一樣溫暖的光

月光灑落一地溫馨暖意
輕觸疲累沈重肩膀
樹林裏踽踽獨行的旅人
踏著鬆軟步伐行走

燦爛輝煌煙消雲散
手握人間權杖不堪回首
耽溺供養放佚的心
痲痹聞聲救苦的宏願

看似殘破不堪的生命
未曾享受富貴的孤獨身影
靜默行腳

心中綻放慈悲光芒
無愧無悔的璀璨心靈
鬆開權杖悔恨臨終的靈魂
回到一樣溫暖的光

行者

默默守護心中寂靜微光
半閉眼簾星光閃爍綻放明滅
安坐宇宙時間空隙裏
浩瀚星雲迴旋朵朵漣漪

生生世世盤旋腦海
映演悲歡離合夢幻泡影
動人心弦美麗故事
淚水與歡笑交織輪迴

踩踏月光溫暖足跡
靜默行腳的行者驀然迴首
怡人弦樂迴響天際
微笑自嘴角輕輕揚起

御京品

御京品 2011

安住時空間隙

飛行扭曲時空異次元
形體崩解夢幻泡影
心靈羽翼翱翔時空間隙
喜悅泉湧清澈如詩

哀傷飄零悄然羽化
無際雲朵綿延白色微光
時間靜止空間飄渺
無盡慈愛遍佈無垠虛空

星光滿溢綻放旋轉銀河
晶瑩宇宙星雲密佈
綿密天網交織金色曼陀羅

意識如絲迴旋纏繞
壯麗天幕莊嚴昇起
無邊故事映演虛妄夢境
悲歡離合縈繞腦際

驀然覺醒光燦灼目
安住吉光片羽緣起緣滅
浮生若夢醉人心弦

愉悅能量躍然昇起

沈靜無痕的藍光穿透虛空
跨越宇宙時空星際之門
逃脫黑洞龐然訊息忽悠湧現
愉悅能量躍然昇起

清朗無聲的漣漪悄然波動
樂音清脆晶瑩如水
無邊天際飄渺曼妙低迴
褪去黑暗心靈的渲染

澄澈光暈映照心中彩虹
潔淨心靈看見喜悅繽紛洋溢
希望女神揚起雪白羽翼
自由靈魂迎風飛翔

水棧精緻茶飲
watersupply

水棧精緻茶飲 2008

甦醒的花微笑

花瓣鬆脫甜蜜繫結
在和煦微風搖籃裏沈睡
陽光溫柔撫觸
遠方清脆笛音飛揚

花仙精靈圍繞飛舞
呵護靜默飄零的花瓣
時間悄悄停止呼吸

青草鋪上綠色錦緞
鬆軟大地張開溫暖懷抱
默默等候優雅時刻

微笑的花落地
當下甦醒
安憩雪白絲綢飄拂
平靜喜悅神聖空間

希望的雲朵

張開明亮雙眼
舒展晶瑩剔透的翅膀
輕盈飛舞
綻放喜悅的彩虹

婷婷玉立的花甦醒
在空中微笑
乘著希望的雲朵
順風翱翔

Cyndi

微風整形診所 2010

天將神兵創意廣告

識別設計

CIS識別設計理念

細將咖啡

濃郁咖啡香醇濃情海洋，彷彿劃過夜空的流星，令人難忘。心靈悸動經常伴隨芬芳味覺與迷人香氣。閉上眼睛才能看見宇宙之眼閃過的流星，在心靈綻放如詩旋律的剎那。細將咖啡品味當下。

水棧精緻茶飲

以天使的羽翼撩撥天琴，怡人芳香自然流露，飄逸如歌慢板。開啟心裏一絲平靜棲息空間，在煩囂生活中展翅飛翔，飛越煩憂飛越苦悶年少的徬徨。水棧精緻茶飲搖曳每個人心中隱藏的羽翼。

駱成生命禮儀

把溫暖的手伸出，生命儀式如許溫馨美麗。鬆開緊握的手，徜徉愛的光環裡。把心空出來，讓愛注入這雙慈悲的手，讓生命通過美妙心靈洗滌，回到虛空，為下一個生命旅程鬆開今生牽絆。

守護者

戴上象徵永恆價值金色頭盔，自由光明守護者以金色甲衣護衛受創的靈魂。釋放每個人心中的守護者，鬆開黑暗心靈桎梏，浸潤溫暖慈悲的光。守護者品牌金色頭盔象徵希望與光明。

鼎豐藝術門

自內心綻放覺醒金色毫光，護持正法永恆價值的門始終在心中開啟。有如蓮花幾何菱形構成堅固造型，簡約大氣，結構嚴謹。全直角完美切割優美黃金比率。鼎豐藝術門造型俐落，蘊藏豐富。

莒光跆拳道館

虛空演武打擊者與被打擊者時空交會，力量如石破天驚，瞬間綻放。莒光跆拳道館館徽設計捨棄人物圖騰，表達以抽象之力量為概念，沉澱意念，始能以無我專注力道貫穿虛空的思維。

致精企業

以優雅曲線摺成的布與三角幾何金屬造型交錯。時尚前衛的造型內蘊優雅元素，型塑高貴典雅氣息。致精企業以專業摺衣提供成衣設計堅實後盾，協助設計師以完美皺褶呈現卓絕藝術品味。

台北交通宣導活動標章

台北市興建捷運系統前交通黑暗期宣導活動標章，以藍綠紅三色快速環繞成心形。象徵交通促進不只有形距離，更重要的是，連結心靈與心靈緊密的互聯與互動。心靈的交通，台北的呼喚。

遂鹿茶莊

以都市叢林城市遊俠，隱身人群卻在心中擁有一方淨土的概念作為品牌核心思想。書卷與劍交疊茶莊人文氣息，灰底金字茶莊品牌以魏碑書寫的金字招牌，象徵不隨波逐流的品牌精神。

微風整形外科診所

位於微風廣場斜對面的微風整形，以希臘月神為名，為每個女人創造自己的神話。綻放花朵花瓣曲線轉折出女神曼妙的姿影。，美麗月神漂浮於心靈純淨空間，自在優雅，風采怡人。

花岩山林民宿餐廳

以希臘神話世外桃源為品牌標準字，桃紅山巒如花搖曳，流水沿花瓣順流而下。北翼工程徐董事長三峽闢地築夢，引進獨樹一格的企業識別系統，成功開創品牌傳奇經營典範。

bebenana 嬰兒用品

以經營者懷中可愛寶貝造型，捕捉甜美笑意素描，勾勒母親心中小公主的可愛模樣。紫色深淺堆疊衣領，淡紫髮型圓潤飽滿，充滿愉悅的韻律。伴寶寶甜蜜入睡，健康成長的品牌。

伊西斯中東飾品

充滿母愛的伊西斯女神是風靡歐美的埃及女神，頭飾牛角與太陽。標誌設計將翅膀簡化，以波浪狀律動，頭飾牛角與太陽象徵，讓伊西斯品牌有別於現存者，更具時代性與時尚感。

喬韻瑜珈中心

以美麗肢體自然彎折曲線如花造型，讓人體內在美感具體示現。如花造型豐富意象，飄盪紫羅蘭香，表達身心經舒展鍛鍊達到心靈淨化的境界，喬韻瑜珈傳授的是身心靈怡人的綻放。

勞委會蒲公英團徽

集合退休資深管理專業人員組成工安團隊，深入各個工作領域宣導工廠與職場工作安全。這個名為蒲公英團的團體，以雙手繞成心形臉龐。友善的工安寶寶，帶著一頂可愛黃色安全帽。

經濟部產業園區管理局

能量匯流創造新世界，乘進化動力筆直升空。串接世界窗口莊嚴開啟，時空交疊新次元。資訊交流導引無限可能，能量匯流創造永續新價值。經濟部園管局是台灣與世界交流的窗口。

勝宏達科技

以菱形片狀金屬結構造型設計，以幾何直角刻劃如石堅韌，光輝璀璨，以正直心靈護持正義，守護宇宙最強有力的印記。勝宏達科技精進精密研發，協助產業持續升級。

BODYSHOP 汽車美容中心

以優雅飛行曲線勾勒風速，進入神秘紫色國度。宛如道路蜿蜒無盡的刷白，延伸無垠意象。福斯汽車經銷商永昇汽車楊副總引進嶄新識別系統，建立汽車美容頂尖品牌，造創經典傳奇。

琴絃社音樂教育中心

彷彿在空中跳舞迴旋的舞者，愉悅音符躍動自由奔放的心。琴絃社音樂教育中心以歡愉情境，引領孩子徜徉音樂之旅，扮演歡樂節奏領航員，讓孩子浸潤自在無礙的音樂國度。

晁威科技

由古老太極拳架式構成的圓滿造型，重塑簡約時尚新形象。將藝術品味凝鍊詩意注入尖端科技品牌，以 CIS 導入人文新氣象。宛如太極行者優雅迴旋，又像操控尖端科技的遙控器。

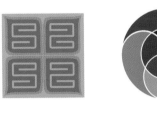

艾美普國際教育中心

宇宙全形狀似人類大腦結構，彷彿有意識的存在，繁星密布星羅棋布的無垠空間充滿繽紛意識的生命。艾美普國際教育中心以開發大腦潛能課程，開啟人類未啟動的潛能為教育重點。

御京品麻辣火鍋

御京品精煉特製湯頭美食配方，提供宛如皇家御用餐飲享受。秉持提供精緻美食同時追求健康養生的品牌精神，御京品皇家印記金字招牌，由金色深淺規律彎折，千錘百鍊鍛造的品牌。

耀麒科技

提供人們輕盈美妙生活感受，耀麒科技以研發豐富精神生活的科技軟體為發展核心。綠色外環投射覺醒能量的五芒星光，象徵生命一呼一吸儘皆精彩片段，打開心中桎梏就是覺醒關鍵。

生命之星

永遠懷抱天邊彩虹與夢想，在心中溫暖守候的星星。亮麗飽滿又溫暖的五芒星圖騰，有象徵夢想的彩虹劃過。溫暖圖騰進入室內生活周邊用品與空間，溫潤人心，充滿愉悅能量。

國軍暨家屬扶助基金會

相互倚肩交纏的親密夥伴，兩兩交會成慈悲的心，象徵國軍與社會相互無私的扶持。國軍官兵與眷屬、國軍家庭與社會密不可分。國軍暨家屬扶助基金會是國軍官兵暨家屬最溫馨的守護者。

朗讀天空

由音符與愛心交疊形成優雅反白，象徵以澄澈無痕的心聆聽內在天籟，以優雅愉悅的心朗讀天空。優雅女聲圓潤婀娜，餘音飄盪柔情海洋，爵士樂音蕩漾水面波光粼粼，喜悅文字紛紛甦醒。

台全醫療體系

由四片綠葉交疊形成十字白光，象徵銷融於綠色和平交織溫暖的光，充滿療癒的葉脈生生不息，撫慰人心。台全醫療體系為雲林地區的民眾建立完善周全的基層醫療體系，照顧廣大居民。

愛在轉角

以兩顆心錯開交疊反白形成視覺差異。象徵當兩顆心逐漸磨合不斷調整以至完全相應，彼此的心化作無形，無分彼此；也以此比喻無物我之心萬物合一即成佛道。愛在轉角，現代月老 APP。

天將神兵創意廣告

米羅普修斯的火把，開啟人類智慧的象徵。金色火炬彰顯永恆價值。天將神兵廣告以韋陀(VITO)天將為英文品牌名。象徵以護持正法，傳播正確價值為信念，給人希望，幫助人實現夢想。

明道大學人文學院

以墨綠反白行者打坐造型設計構圖，行者樣貌銷鎔模糊。象徵行者澄澈心靈如月，體察萬物不動如山。橄欖綠色禪意低鳴，綠蔭大地。明道人文學院是培育澄澈心靈文學創作者的人文殿堂。

華萱名茶

澄澈茶湯溫暖色澤，餘韻無窮，心靈沉澱。宛如繁花綻放當下景致，又像宇宙在呼吸間霹靂誕生。鵝黃色調溫潤人心，花瓣曲線優雅飽滿，曲折流暢，形成立體視覺效果，綻放美麗姿影。

開悟的貓

由七條輕盈微笑曲線構成，明亮璀璨的鵝黃溫潤人心。開悟的貓友善慈悲，幽默面對娑婆世界，以愉悅之心為世界注入源源不絕的光明希望。開悟的貓以富饒禪意設計製作文創相關產品。

謹以此書向所有撫慰受創心靈生命行者致敬

生命之歌

許世賢心靈符號詩集

朗讀天空

作　　者：許世賢
美術設計：許世賢
出 版 者：新世紀美學
地　　址：新北市淡水區沙崙路 25 巷 16 號 11 樓
網　　站：www.newage-art.com
電　　話：02-28058657
郵政劃撥：50254586
印刷製作：天將神兵創意廣告有限公司
電　　話：02-28058657
地　　址：台北市民族西路 76 巷 12 弄 10 號 1 樓
網　　站：www.vitomagic.com
電子郵件：ad@vitomagic.com
初版日期：二〇一五年六月
定價：三五〇元

國家圖書館出版品預行編目（CIP）資料

生命之歌 ： 許世賢心靈符號詩集 ： 朗讀天空 ／ 許世賢著 .
-- 新北市 ： 新世紀美學， 2012.06
面；　公分
ISBN 978-986-88463-2-6（平裝）
851.486　　104009558

新世紀美學